LONTANANZA

ExLibric

HORTENSI ALCALÁ GARCÍA

LONTANANZA

EXLIBRIC

ANTEQUERA 2022

HORTENSI ALCALÁ GARCÍA

LONTANANZA

Vergonzosa

Hoy yo estoy vergonzosa, ya que me atrevo a contar todo esto que me va quedando en la memoria. Me hace ilusión recordar cómo pasaron estos últimos doce años sin apenas dar cuentas a nadie.

Y estoy vergonzosa porque mucho antes no dejé la vergüenza en un cajón.

Como nunca es demasiado tarde, abro mi pensamiento para extraer los mejores de mis momentos o recuerdos.

Y estoy también vergonzosa por no decidirme antes a hacer aquello que no hice, aquello que me dio vergüenza hacer. Todo lo fui dejando para luego, y luego ya fue siendo tarde. Me da vergüenza hacerlo, ¡y eso que hablé de libertad! ¿Tendrá mucho que ver la libertad con la vergüenza? ¿Seré yo sola la que soy así? ¡Caray! ¿Aún no habré madurado y me estoy sintiendo vergonzosa?

Estoy vergonzosa por sentir vergüenza y entender que me confundí… Quizás con un año más la pierda y pueda seguir haciendo libremente las cosas que me quedaron por hacer. Eso sería como lograr lo imposible y aceptar mi equivocación, o confundirla con la vergüenza.

Cheña

Los niños del *baby boom*

Los niños del hambre aprendimos a obedecer y a trabajar incluso antes de saber de dónde vienen los niños ni cómo se crean. De muy jóvenes contrajimos matrimonio y creamos la generación X, también salpicados por el terrorismo nacional de ETA, y también del Estado, guerras en diferentes países y la amenaza de una gran guerra nuclear que se cerniría sobre el mundo, augurando un muy mal futuro, cosa que ya va siendo un hecho. Nuevamente, los padres nos vimos obligados a seguir trabajando sin descanso para proporcionarles una vida mejor que la que vivimos nosotros. Quienes ahora volvemos a padecer por otra pandemia, añadida a las dificultades que ya padecimos, continuada, como ya nombré, por aquella gran guerra que asomaba y que no terminará hasta llenar el universo de aquellos seres vivos y sus descendientes, que llegaron a este mundo a disfrutarlo y vivirlo, aún muchos respaldados por niños del *baby boom*.

No hay modo de vencer tanta adversidad en esta vida. Aún somos muchos los del *baby boom* y seguimos luchando por la vida, para poder contarlo, y no quedaremos tantos, ya que cada día se van yendo los que nacimos entonces, los de los grandes esfuerzos, tan empeñados en acarrear un mundo mejor o más igual para todos. Vamos con nuestra mochila llena de bocadillos y botellín de agua, como yo suelo decir, y medicamentos en el pastillero para no meter la pata… ¡¡Que a la vejez ya se sabe!! ¡¡Pena es que siempre se benefician los mismos!!

A males graves, vacunas. El que no muere del mal muere por el remedio. Aunque la ciencia hace lo que puede, y quienes acarrean los males… Siempre les continúan grandes guerras. ¡Da mucho que pensar!

Cómo quisiera pensar que este desconcierto de terror se esté acabando y que a los que lleguen no se les repita la historia de sufrimiento de los del *baby boom*.

Lontananza (secretos de una vida)

Primera parte: Desemparejo

Todo está dicho, poco hay que contar. Los días y las noches van quedando atrás. Pero hay una cosa que puedo explicar, que la vida cambia y se ve muy mal. No estamos de acuerdo la gente normal, nos culpamos todos el uno del otro; la cosa es hablar. En el matrimonio también pasa igual. ¡Mira que te dije lo que va a pasar!, ¡no me hiciste caso, te querías casar! Ser padres primero, luego trabajar. La mujer en casa, que hay mucho que hacer, coser y planchar, lavar y tender.

—Saca a los niños, dales de cenar, para que cuando vuelva del trabajo duro, puedas atenderme, que lo necesito y me has de premiar.

—Premios y más premios, a ti te da igual, pues cuando te jubiles, tu paga tendrás. Yo, sin embargo, no la alcanzaré, que con tantos premios no trabajaré, me quedaré fea, y vieja también. Tú te buscas otra, comenzar de nuevo te vendrá muy bien.

Así sucedió, pasaron los años, la diana sonó… La joven se cansa del viejo sin gancho, y ¡¡aquí estaba yo!!

—Hazme ya la cena que quiero cenar, pues ya jubilado me quiero acostar solo en una cama, por si has de roncar, que las hay que roncan o huelen fatal.

—Pero yo no ronco —te decía yo— ni bebo ni fumo… Solo calentarme un poquito los pies, que los tengo fríos, me desvela el sueño, y si no se duerme se puede enfermar. Ya somos mayores, y cosas muy malas nos pueden pasar.

—La pensión es mía, para eso la gané, que tú en casa quieta viviste sin nada que hacer.

—No estás en lo cierto, siempre trabajé, junto con seis hijos a ti te cuidé. Que tú me dejaste para vivir bien, dejándonos solos y suelos limpié.

—Ahora mi pensión, pasados los años, cuando estamos solos, te parece poco…, pero yo me apaño.

—No te necesito, me darás mi parte. No te cuidaré, me quedaré sola con mi desazón y mi soledad, que tú con tu memez me harás enfadar, y no estoy para enfados, que ya los viví. Ahora no te aguanto, lárgate de aquí.

—¡¡No me digas eso, que malito estoy y te necesito!!

—No te inventes cosas para convencerme, que ya te conozco y no me convences… Dilo, dilo ya, ¿qué te duele hoy? Pero no me mientas, que con tus mentiras no me engañarás.

—Me duele, me duele, me duele la pierna derecha, junto a la rodilla. Aquí te señalo, dame tú unas friegas, que estoy que no aguanto. También la cabeza, tráeme una pastilla de aquella mesita que tengo allí abierta. Después me preparas la sopa de pan que mi madre hacía siempre pa cenar, le pones un huevo y una pancetita, que me siento flojo, a ver si se me quita. Y un vaso de vino también tomaré, del que a mí me gusta, ¡¡si te parece bien!!

Yo, ya escarmentada de tanta pamplina, lo miro altanera, me subo la falda, sacudo la pierna debajo de la enagua y mirándolo digo:

—Por si es que estás sordo, si quieres repito.

Otra vez guantazo en el mismo sitio seguido de un grito:

—Que machacas mucho y ya no me aguanto.

Gritando de nuevo, le vuelvo a decir:

—Aguanta…, que yo huelo mal y ya tengo arrugas, cabellos muy blancos, las manos rugosas y las titis caídas, que a ti no te gustan, pues déjame en paz, que quiero vivir, y tú no me dejas ni un rato tranquila. Que mi vida es mía y de nadie más. Si no te interesa, te puedes marchar.

Lontananza (secretos de una vida)

Segunda parte: Aclaratorio

Todo ya está dicho, como tiempo atrás. Pero no está dicho, es la realidad: cuando me decías que todo iba bien, luego al otro día volvía a caer. Llegaba el domingo a misa a las diez: «Pésame, Señor, de todo corazón que no lo vuelvo a hacer». Claro que se hace, cuando no te ven: vuelves a marcharte Dios sabe con quién.

—Vamos a ver, Koldo, ¿a dónde has estado?, ¿se puede saber?

—¡Yo no digo nada, que no te interesa! ¡No tengo por qué responder!

—No tienes remedio. Te vuelvo a decir que con tantos engaños, más las pataletas, te volverás tonto si no lo remedias.

—Hoy me duele mucho mucho la cabeza, dame otra pastilla que tengo en la mesa, y un vaso de leche, que estoy decaído y me duele todo porque no he comido.

—Pues come el potaje que sobró de ayer, y si no lo comes, te estás sin comer.

—Tú, mujer ingrata, con lo que te he dado y no me tratas bien. Me buscaré otra como la otra vez, te dejaré sola y no volveré. Tanta retahíla y tan poco hacer, te quejas de todo, y no puede ser.

—Claro que me quejo, pero tú también, partimos los trastos en un santiamén. Tu saldrás pitando, pero piénsatelo bien, que si marchas, luego ya no has de volver. Válgame el Señor, la cruz que me ha dado, con tanta retórica y no terminamos.

—No puedo marcharme, que estoy muy malito te digo otra vez. Con lo que te quise en aquellos tiempos, me echas de casa ahora a la vejez. Siempre discutiendo, podrías callarte y solo obedecer, ¡¡desagradecida!! Así me agradeces cómo te traté, yo te doy el sueldo o parte de él, y tú te lo gastas ¡a saber en qué! En peluquería, en ropa o gimnasio, u otras porquerías, vaya usted a saber.

—Pasados los días, vuelves a enfermar, pero yo no pienso volverte a ayudar. Es lo que ganaste con tanto mandar, te quedarás tieso, y tieso te irás. Y yo, mientras tanto, saldré a pasear, ver escaparates y podré comprar, que con la viudez ya podré viajar, visitar París *(Oh là là…)* y también Venecia *('O sole mio)*. Volveré contenta y lo podré contar, ya recuperando la vida normal.

»Mira, te voy a decir, cuando fuimos a Barcelona, quise ir al teatro y me convenciste para ir al fútbol, y a la corrida de toros cuando dieron la alternativa a uno de los toreros, una pesadilla que no he olvidado. Dónde va a parar una buena obra teatral con sus buenos actores y la música, los aplausos, las reverencias, el vestuario, el juego de luces dando color a escenas magistrales, de las que salen del alma, porque el alma se deja en el guion y la interpretación, todo ello en suave voz.

»En otra ocasión que ahora recuerdo, fuimos a Pamplona a los sanfermines, porque a ti te gustan y tuve que ir. Pañuelico rojo, pantalones blancos, ¡viva San Fermín! Y no estuvo mal, tengo que decir, solo que acabé cansada de tanto trajín. Las jotas navarras, violines de Sarasate, que te hacen sentir. Aquella jotica que suena en la plaza hace que no olvides que estuviste allí.

»Ahora te dejo, que a darme un paseo tengo que salir. Cuida de los nietos, que no están sus padres y hoy te toca a ti, que yo tardaré porque un buen amigo me invita a un café y una buena charla con risa y buenos modales de las que me gustan a mí. Y cuando regrese no quiero polémica, que estaré contenta y me iré a dormir.

Lontananza (secretos de una vida)

Tercera parte: Nostalgia

—Koldo, debes entender que el amor no aguanta, sería un triunfo que deja la rutina y el aburrimiento que a veces conlleva el paso del tiempo. En otras seguimos buscando momentos que nos den las gracias por seguir viviendo. No los encontramos, se los llevó el viento, ese del otoño que arde muy adentro. Encontramos otros con otros antojos por tantos recuerdos, a veces canciones que minan por dentro, esas que escuchamos hace tanto tiempo, cuando el campo verde florecía en verano con rosas y flores, cantares de antaño. Pidiendo una tregua que es cosa de humanos, pidiendo el amor que se fue hace años.

Veinte años

Qué te importa que te ame
si tú no me quieres ya.
El amor que ha pasado
no se debe recordar.
Fui la ilusión de tu vida
un día lejano ya.
Hoy represento el pasado,
no me puedo conformar.
Si las cosas que uno quiere

se pudieran alcanzar,
tú me quisieras lo mismo
que veinte años atrás.
Con qué tristeza miramos
un amor que se nos va,
es un pedazo del alma
que se arranca sin piedad.

Fuente: Musixmatch
Autores de la canción: María Teresa Vera
Letra: © Kubaney Music, Hadem Music Corporation

—Pero mira, Koldo, no todo fue malo. Recuerdo aquel día después de mediados del siglo pasado, cuando quisimos comenzar el Camino de Santiago. Te pareció largo y te echaste atrás, que eso se te da muy bien. Fuimos a Roncesvalles, viajamos en un cuatro latas de segunda mano y te cabreaste porque se calaba aquel viejo auto. Con cabezonería te pusiste a dar vueltas, y terminamos en Navascués, parada obligada junto a la ermita de Santa María del Campo, estilo románico, siglo XII, anexa al cementerio. De allí fuimos al valle del Roncal, otra maravilla de Navarra.

Zortziko, el Roncalés
(Salvador Ruiz de Luna)

Vasconavarro soy,
del valle roncalés,
donde la primavera
por vez primera

vi florecer.
Un jardín español
de flores sin igual,
entre las bellas rosas,
la más hermosa de aquel rosal.
Tierra donde viví,
pura como el azahar…
Aunque mil años viva, yo
nunca nunca te he de olvidar.

—Ya ves, te emocionaste oyendo el *Zortziko*. Fue de recién casados, entonces no discutíamos, todo era bonito, hasta equivocarnos. En cualquier lugar me pedías «eso», y yo te decía que esperar era bueno. Que en aquellos tiempos los días y las horas se hacían eternos. Muchas alegrías, muchas esperanzas, los niños llegaron casi sin saberlo. «Pues no me he enterado, ¿cómo tú lo has hecho?». «¡No me lo preguntes, que ya no me acuerdo!». Era la ignorancia de tiempos aquellos, cuando las censuras no hablaban de ello e imponían los padres, maestros y curas. Con tantos olvidos o «cómo lo has hecho», los hijos llegaron… Nosotros contentos, pero más trabajo, pero menos tiempo.

»Los años se pasan, se pasan más lentos. Se nos va olvidando qué es lo que queremos o necesitamos para no perdernos. Perdidos estamos desde hace mucho tiempo, y reconocerlo sería lo cierto. Esa lontananza perdida en el tiempo, esa lontananza que olvidó el silencio. Sin conversaciones, sin entendimiento, sin fecha ni hora, sin dar tiempo al tiempo. Palabras vacías que las lleva el viento, frases olvidadas, tupidas de acentos, y no nos informaron de nada de aquello. Ya llegó la hora, ya llegó el momento de rendirnos cuentas, nuestro pensamiento. Pensar cómo fuimos de puertas adentro, pensar si el camino fue siempre derecho. Seguro que no, que no fue derecho, porque los caminos los borran los años, y porque los años los entierra el tiempo.

»Koldo, ya ves que estamos muy viejos, muy viejos, muy viejos… Esto te lo digo por el lado bueno. No más discusiones ni quejas de antaño, solo el día a día vamos recordando, mantener la calma, seguir caminando, que el sol en la cara nos siga curtiendo, y cuando de cerca no podamos verlo, no darle más vueltas. Terminó el paseo, todo nos llevamos, lo malo y lo bueno, que nada guardamos, tan solo el recuerdo de una lontananza tan lejos, tan lejos.

Nunca las personas podremos entender los pensamientos ajenos si carecemos de lealtad y confianza para aquellos que amamos y queremos.

Reflexión

Leer, escribir o pintar poesía es poesía.

En este Día Internacional de la Poesía, dejo un recordatorio de mis mejores o peores momentos, que por una u otra causa o motivación me quedaron colgados en cualquier rincón del alma, la mente o el corazón, donde habitan los sentidos, donde la música baila, donde la razón reposa, donde la luz se apaga y aparecen pensamientos. Alguien en algún momento cantó: «El amor es un viaje demasiado largo. El paseo se termina, la vida continúa». Tu cuerpo sigue bailando con la misma melodía, aunque el corazón tocado te recuerde que ya estabas avisado, y por si algún día fuiste feliz mirando aquellos ojos de tu amor. Como también alguien cantó: «Deja que se lo lleve la primavera nublosa y fría». A la espera de que, como también dijo el creador: «Otro amor vendrá y serás feliz como las flores». Porque la vida es así, y en cualquier amanecer por una burlona rendija entra el rayo de luz. Das gracias a la vida por estar aquí, que la felicidad plena es un misterio aún sin resolver. Que en tanto hay vida, hay esperanza. Que como también en aquel tango que bailaron los nuestros mucho antes atrás: «Soñar con el pasado que añoro, el tiempo viejo que lloro y que nunca volverá». Esta me recuerda a mi padre, tres días antes de emprender el último viaje, cantando el tango argentino en el pasillo de casa, y nos dejó tal día como hoy, el 30 de mayo de 1984; lo cuento el 30 de mayo de 2022. Así se despidió del mundo cruel, mundo que también les tocó aguantar: servicio militar, guerra, encarcelamiento sin sentido, como sin sentido es lo que estamos viviendo. Y repito, estamos obligados a resistir todo lo que nos van echando encima, lo que nos va llevando sin dejarnos ni siquiera bailar ese último tango. Un día como hoy, precisamente, se marchó para dejar su poesía y las historias de la «puta mili», como ya se conoce el dicho. Una vez más, me repito. Guerra franquista y Segunda Guerra Mundial.

Él recitaba poesía y también la cantaba, como ese día, de un lado al otro del pasillo, así se despidió del mundo. Algo que jamás olvidó, y se lo sacaba recitado o cantado, dando al traste con aquellos años que perdieron, similares a lo que estamos soportando y malviviendo, ellos con uniforme. ¡¡Maldito dictador!! Años perdidos para tener que sufrirlos y recordarlos el resto de la vida. Y tuvo el valor de cantar el tango para entrar en el coma que le hizo dormir.

Es que el mundo solo es mundo, no sabemos las picardías que nos deparan por habitar en él. El precio por vivir no tiene límites, hoy en día nos cobran hasta por respirar, aunque el aire esté contaminado o llevemos mascarilla. La fatal realidad es que hay que morir para vivir. Quienes mandan se hacen «inescuchables», ya no les funciona ni la razón. Si no nos matan de hambre, nos matan del susto, cuando den a saber que no queda dinero para las pensiones. ¡¡Como para pagar la luz, la comida, la gasolina o viajar en otros medios rápidos!! Por si teníamos poco, continúan apareciendo pandemias ya erradicadas. Por si el bombardeo de Putin no fuera suficiente, él mismo quiere conseguir enviar vidas al universo para cantar su triunfo inútil y desproporcionado.

Muy lejos de la verdad, el hombre demuestra su humanidad: la lucha por el poder lo deja fuera de toda razón. Nunca es justificable una matanza semejante, cuando desde hace décadas nos venían diciendo que ya no llegarían grandes guerras. Esto es injustificable.

En tanto, yo continúo soñando que todo es un mal sueño.

LOS SEÑORES DE LA GUERRA

Ya hablamos de vacaciones, como los últimos años,
olvidando que el problema va delante caminando.
Que le pregunten al Putus, el que vive en su guarida,
lo que sigue pensando, aunque a nadie se lo diga.

Me parece a mí que este año también nos hacen la pascua,
por si nos vamos danzando y nos jodemos la danza.
Y es que tienen mucha astucia aquellos que hacen las guerras,
seguro que nos auguran…, la tiren por donde quieran.

Pero morirse es muy fácil, que paren de tanta mierda,
que con tanta destrucción, ni para hacer niños llega.
Que lo van gastando en armas, en vacunas y viruelas,
en las nuevas variaciones de las muchas que presentan.

Déjennos en paz un rato, los señores de las guerras.
Déjennos empobrecidos o como quiera que sea.
¡Salgan ustedes, valientes, váyanse por la otra puerta!
Y déjennos a nosotros, que no somos de la guerra.

Levantaremos el mundo, con bandera o sin bandera,
y contaremos la historia con la verdad.
Que lo sepan los que lleguen cuando lleguen,
los que entren por la puerta,
esa puerta que abriremos o la dejamos abierta,
cuando nos mandéis a todos en cuanto nos demos cuenta.

Cheña

Josefina y Jacinta (romance)

Josefina y Jacinta son dos amigas, cada mañana juntas van a la escuela. Jorge, que es el vecino, las acompaña mientras les cuenta historias, historias nuevas.

Josefina lo mira muy de reojo, y Jacinta no puede con sus enojos.

Josefina tiene cabellos rubios y piel del trigo, aspecto halagüeño y una sonrisa para su amigo. Pero madre no tiene ya la chiquilla, y su padre la manda al lavadero, tabla y rodilla.

Jacinta por defecto es alta y fea, color de piel oscura, cabello negro y gesto grosero, que bien le queda. Cubriendo su melena con un pañuelo, luciendo los zarcillos y anillos nuevos.

Los años van pasando, ellas creciendo. Jorge y la Josefina dan fe de ello.

Jacinta los contempla con mucha envidia entre las madreselvas por las rejillas.

Llegó otra primavera, también las flores de madreselva. El olor a jazmines y sus colores hacen que aquel muchacho de ojos azules que historias cuenta se fije en ella. Se fija en los zarcillos y los anillos, que al padre de Jacinta parné le cuestan.

Los años corren como crece en el muro la madreselva, dicen que quien las mira pronto se casa con quien las riega. El padre de Jacinta le compra antojos, para pronto casarla con el buen mozo. En tanto la mocita va que se sale porque a Jorge lo tiene ya en los altares.

El verano ya quiere hacer presencia, perfumando las noches la madreselva. Festejos en las calles, las alboradas, que Jacinta se casa muy bien casada. Las vecinas del pueblo les llevan flores, deseando a los novios buenos amores.

La campana en la torre repica a boda, el vestido de novia con larga cola. El novio va de negro, camisa blanca, y la corbata verde, verde esperanza.

En la torre más alta de la otra iglesia, la campana redobla por una pena. Josefina se llama la que hoy se entierra, que de amores se muere, se muere ella.

Caminos cerrados

¡Qué poca paciencia me va quedando! La gente anda aturullada, siempre celebrando festejos fantasma, y no se dan cuenta de que para hacer reales esos festejos deberíamos ahora respetar a todos sin arrebujarse tanto. Cada día veo las noticias un par de veces, siempre esperando que lleguen algo mejoradas y más reales, sin embustes por intereses primordiales de unos u otros. Alucino, alucino, ¡madre mía, qué alucine! Que parece irreal, fantasmal, ni se asemejan ya las imágenes al más duro y negro cine de terror: tremendo horrible terror.

Mientras unos continúan en libertad tras sus hazañas, o como ellos lo quieren llamar, otros —siempre los mismos— obedecemos y sacrificamos ya hasta el poco humor o ganas que pudiéramos tener para salvarlos a ellos. Siempre mirando por los demás, nos deshacemos de lo que haga falta para no complicarles la vida. Esto ya va siendo como el cuento del cordero y el lobo: para ver que eres tú, muéstrame la patita por debajo de la puerta.

Más cosas. Médicos de familia, ¿qué pasa? ¿Ya no nos puede doler nada?, ¿o lo que hace tres años era tan importante ya ha perdido la importancia y la razón? Pues los trabajadores de la construcción y fábricas de mano de obra fuerte van todos los días al curro. Si dan positivo con síntomas, a sus casas confinados y ponen en su puesto a otro, y si no son fijos, a los quince días los invitan a una reunión… y lo que les dan es el despido: «¡¡Ya no me trabajas lo suficiente, a la p… calle!!». Sé que a los sanitarios les ha tocado de lleno, pero es lo que hay, y si no hay más en hospitales u otros centros, entiendo que es complicado. Pero los de familia retrasan y retrasan las citas, hasta que tu mal se complica y debes pasar por urgencias. También entiendo otra vez que la situación es compleja.

Ahora toca una gran guerra, por si teníamos poco, a destruir el mundo para volverlo a construir, que no será posible, pues todo quedará en ruinas como en los años del imperialismo.

Ese asesino y esos políticos metomentodo que no respetan a nadie, niños, madres, padres, mayores. Como no empiezan por ellos y no nos dejan tranquilos a todos, que la vida son dos días, los imperios pasaron a la historia.

Qué malamente estamos, y lo peor es que es en general. El mundo arde y no es leña de ningún árbol que dé flores, arde lo que siembra el mundo, vida, y recoge sus frutos para después dar libertad y continuidad… Pero el mundo arde.

¿Cuándo se descontaminará el mundo de todo esto? Quizás la respuesta sea que todo lo que sube baja, no se me ocurre otra cosa. ¡Estaré soñando y estamos en desescalada año 2060!

Salir del sueño oscuro

Solo la vida nos dicta lo que hacemos o lo que va a ser de nosotros. En estos tiempos más aún, ahora con el encierro fortuito y las guerras, los mares estrellados de sombras, caminos caminados con miedo del peligro de las bombas. Es un mundo envenenado, pero no por los planetas, que es el hombre el asesino, el que da la rienda suelta, con las armas del negocio que hay que quemarlas matando; en tanto empobrece al mundo, se enriquece con los bancos. Da la impresión de que estamos varados en una isla a la que no llega nadie… Se acabó la gasolina.

Era de noche, después de un día. Miré la luna, que sonreía. Quise pintarla y no podía, hablé con ella, que me decía que no pintara lo que veía, que no dijera lo que yo oiría.

La sombra de la luna llena esa noche apareció ensangrentada y coronada del plateado metal de esta guerra absurda que deja huérfanos a padres y niños.

Los colores blancos y grises plateados se secaron, apenas el pincel rezumó algo del tono, algo parecido a la luz, para redondear la esfera.

Los colores negros del luto llegaban a mis manos intactos, para así plasmar la oscuridad que cubrió la luz de la luna.

El rojo para los heridos que serán los más graves, con sus secuelas de por vida, el miedo y la memoria.

El blanco apenas aparece, ya que se mezcla con los dos anteriores por los que estamos sufriéndolo desde el confinamiento. Ver y no poder hacer nada para parar esta maldita situación, esta maldita guerra invisible o visible, y ruidosa o silenciosa asesina. Económicamente, ruinosa y fatal.

El azul es la esperanza que nos ofrece el universo, tan quebrado que no sabremos caminarlo para llegar a alguna parte donde la vida vuelva a ser real.

Dios te salve, reina y madre de misericordia y esperanza nuestra, ¡el mundo!

Crónica de hoy: un día más sin libertad.

El sexto mes del año 2020

Estamos a horas del solsticio, comienzo de un verano tan atípico como lo que va de junio; está haciendo más frío que en el mes de febrero. Febrero fue el que tras su cara buena, con resplandeciente luz como para despistar, introdujo al mundo en pequeñas dosis, en un atolladero del cual no podríamos salir sin sufrir sus graves consecuencias. Las grandes potencias, como en cualquier otra guerra, también las sufren (refugios). El sitio donde cada persona se encontró a mediados de marzo de 2020, cuando se impuso el toque de queda o confinamiento, ya que se cerraron fronteras y como el juego de la oca, «tiro porque me toca». Lo que toca a cada cual es lo que él mismo puede hacer, y no es poco. Sálvese quien pueda… ¡¡Ni el más listo del mundo sabe cómo llegó esto ni cómo terminará!! Ni cómo barrió el COVID-19 las residencias de ancianos y los hospitales, ya que fueron trincheras abiertas al constante bombardeo.

Lo que sí es cierto es que el mundo se desbarata, y lo que se va no vuelve. Salga el sol cuando o por donde salga. La vida está siendo un reguero de muertos y desolación. Ya no se llora, es imposible; ya se habla, se culpa, se piden cuentas a las que nadie responde porque nadie escucha ni oye. Los viejos…, bueno, ¡están ya tocados y sin defensas! Los mayores de setenta aún sirven, pero no garantizamos nada. Mascarilla, guantes, ya no tienen azúcar ni problemas de tensión, y pueden comer lo que quieran, o muchos lo que tengan… Parece que comer mucho a esa edad ya no es malo. ¡¡Qué contrariedad, tener que morir de infarto con síntomas, o apendicitis, o peritonitis!!

Personas más jóvenes continúan exponiéndose al mal que nos acecha, ya que cuidan a ancianos o personas sin movilidad. Las oficinas de empleo… predicando en desierto: las autoridades, quienes las/os contratan, no les proporcionan mascarillas o el aislamiento adecuado contra el contagio. Estas y estos trabajadores, al igual que sanitarios, van a cara descubierta, nunca mejor dicho dando cara al enemigo, el cual sin ningún esfuerzo les gana el pulso.

De lo que se habla ahora es de que personas con el pH-0 son más resistentes al COVID-19; quizás los laboratorios fueron bondadosos.

Los niños, ¿qué hubiera sido si un gran porcentaje de muertos hubiera quedado como discapacitados, como pasó en su tiempo con la poliomielitis y otras pestes víricas? Esto no sería lo mismo, ya que con lo fácil y silencioso que entró en el mundo, no habría niños sin enfermar de ello.

El más dulce placer (retórica)

Llego a la playa, veo a lo lejos su silueta. Yo lo sigo. Lo voy siguiendo, lo alcanzo. Me paro. Aparco. Respiro hondo. Mis ojos se quedan en tijereta. Me cuesta unos momentos inhalar el aire. Lo miro de lejos, también de cerca y por todos lados, me aturdo con su belleza. Me siento frente a él, y poco a poco me sonrojo. Él me acaricia con su tacto caliente. Me sigue acariciando con su brisa, fría y ardiente…, casi de desmayo.

Sin apartar mis ojos de él, me pongo en pie. Él me sigue mirando, de frente, acariciándome y quemándome la piel. Me giro al otro lado solamente con él.

El susurro del vaivén se queda en mis sentidos, me hará desfallecer.

Me descubro, me tumbo frente a él, que me sigue susurrando. Me moja más y más, me sigue mojando una y otra vez. Él me seca una y otra vez. Me mojo. Mmm…, ardiente placer. Mis pechos al viento solo para él. Me recorre y me moja, me enfría y me quema. Me cubre en la arena, me descubre. Me acaricia, me sonroja. Mmm…, rico placer. Mi cuerpo se calienta de nuevo, se entierra, desaparece. Me cubre, me descubre con tanto vaivén. Susurros me llegan, lamiendo mi piel.

Camino despacio, no me aparto de él. Roza mis labios, sabor a sal. Mi rostro arde en tanto me voy mojando. Me acaricia, me mojo de nuevo, más cada vez. Mmm, rebosa el placer. Acaricia mi cara, la espuma caliente penetra en mi ser. Me seca, me moja, me vuelvo muy loca. Siento que muero de tanto placer.

Pasadas las horas, ya al atardecer, agotadas mis fuerzas, me adentro con él. Me mojo, me seco. Perfume a placer. Retiro mis ropas. Me visto con él. Vuelvo a mi destino, roja del querer. Aceite me pongo que alivie mi piel. Me unto, me escuece, tan solo por eso..., por estar con él.

Él: el sol
Me cubre: la arena
Dulce placer: caricias, las olas y la espuma del mar
Lo cuenta: Cheña

HAY UN FANTASMA EN MI CUARTO

Hay un fantasma en mi cuarto que no me deja dormir,
murmurándome al oído cuánto se acuerda de mí.
Y yo le digo que fuera, que ya no le quiero oír,
pero vuelve a recordarme cuánto se acuerda de mí.

Por la mañana me espera y se acerca más a mí,
y le digo que se vaya por donde supo venir.
¡¡Ay, qué fantasma tan loco con tanto entrar y salir,
que se atraviesa en la puerta para no dejarme abrir!!

Que no es porque yo lo diga, pero lo veo venir,
en el momento que pueda querrá dormir junto a mí.
¡¡Si los fantasmas no duermen!! Yo le mandaré salir,
que a mí no me quite el sueño ni las ganas de vivir.

Hay un fantasma en mi cuarto que no me deja vivir,
que si no fuera fantasma, le daría lo que fuera por que esté cerca de mí.
Y lo diga quien lo diga, como se suele decir,
si él no fuera un fantasma, dormiría juntito a mí.

Pensando en ti

Soy tu pensamiento. Como en la noche oscura con ansias en amores inflamadas, salí, dichosa ventura, salí sin ser notada.

A manera de rosas blancas delicadas y velas encendidas, en calles solitarias me encontraba.

Como azucena entre espinas me perdía… Derramé mi perfume enamorado derrochando su olor por el mundo enclaustrado en mi cerebro.

Te busqué con mi olor desesperado. El velo que cubrió mis ojos en la noche de mi alma nos hizo más largas las distancias.

Desperté en la alcoba y a tu lado estaba. Sentí tu corazón latiendo acelerado, como si el galope de caballo veloz quisiera ser el propio corazón en mí amarrado. Los besos mañaneros así nos despertaron, como si el día se acabara al despertar del sueño enamorado.

Si el amor nace del alma, este amor no será solo un recuerdo en dos corazones que aman, habrá semillas para el nuevo arado, que al brotar en primavera, mi pecho florecido con anhelo y ansia te regalo.

Como en sueños amorosos, siento el tacto de tus manos alimentando el dulce y exquisito fruto del amor, con sabores a vida exhalados, de dulces caricias, y quedar rendida en tu regazo… Al llegar el amanecer, ver el mundo fundidos los dos en un abrazo.

Lágrimas de amor

Pasados los días de las añoranzas y de los buenos deseos, toca la reflexión. Ya se ve el mundo diferente, mejor dicho, se ve como lo que es, sin disimulos ni falsos halagos con los mejores deseos. La vida y los transeúntes y vecinos de esta somos como somos, es así.

Hoy, un día después de las entrañables fiestas y a pesar de las bajas temperaturas, salí a comprar lo que se compra los sábados: queso, verduras, huevos de caserío, que al menos los ponen las gallinas que están en el prado, y comen y pican y cantan y están contentas. Cuando depositan el huevo en el nidal, informan al gallo con un arrullo de que ya está lista, que cumplió con su labor, y el gallo lo canta en voz alta para que todo el gallinero sepa que él es el rey del prado, ¡el más machote! Mientras, la gallina, cabizbaja, se aleja cacareando y con un revoleteo se pone a comer lo que encuentre por entre la tierra.

Pues como decía antes, salí y me topé con una mujer conocida, y al igual que cada año, nos felicitamos las Pascuas navideñas.

—¿Qué tal? ¿Cómo estáis? —le pregunté.

Y se quedó pensativa y me respondió:

—¡Igual que los últimos cuatro años!

Tras una pausa para recuperarme, le di la mano, mientras nos miramos moviendo la cabeza, casi sin saber qué decir.

—¿Solos? – le pregunté, y me respondió que sí, relatándome lo mismo que en otras ocasiones.

—Él no me recuerda, no me reconoce…, pero le gusta estar junto a mí, le gusta mi calor. Cuando le doy de comer me sonríe,

¡me mira con sus ojitos azules y me sonríe! —Mientras ella sigue apretando mi mano, me dice—: ¡Qué le vamos a hacer!

Qué impotencia, casi avergonzada me sentí. Ellos no sé si están casados, ya que se les hizo tarde para conocerse, pero fueron valientes y felices. «Durante poco tiempo, eso sí». Lo que no pensarían fue lo que el destino traicionero les tenía reservado. «Malditos destinos».

Pero seguimos la conversación y me contó cómo pasaron los días entrañables, los días de amor y de paz, los días familiares, mágicos días de besos y solidaridad, con los dos metidos en la cama para no sentirse solos.

Ella no soltaba mi mano mientras me contaba lo que tenía que contarle a alguien, así en los últimos años. Y me dijo que unos días antes va acarreando y preparando comidas que guardará para esos días, pues con más de ochenta años ella no puede hacer grandes cosas. ¡Pero sí las hace! Ya que además de comidas, lo atiende a él, lo cuida y lo mima. Y para poder estar con él, muy juntitos, se mete en la cama para que no se sienta solo…, que no le gusta estar solo porque quiere que ella le hable, y le habla, le cuenta cosas y le hace reír… Y luego de que se ríen, aunque él solo en su mundo sepa qué fue lo que le hizo gracia, la atrapa con gestos y pestañeos para que no pare de hablarle, de contarle cosas. Le cuenta historias de cuando se conocieron, de cómo le decía ella: «¡Para, quieto, que tienes las manos muy largas! Mira que ya somos mayores». Eso le dice ella mientras le besa la mano que tiene de su lado de la cama. Y que él parece entenderla, aunque a nadie más le entienda nada.

Ella me decía que cuando le hace reír se emocionan los dos y tiene que cambiarle el pañal, diciéndole: «¡Mira, tengo que cambiarte, que te hiciste pis…! Que huele como el de los niños».

Ahora en su pensamiento ella recuerda cuando cambió pañales con otros olores, aquellos olían a bebé. «Este huele a lo que huele», pero hay que cambiarlo y limpiarlo para que él se sienta bien. Para que, ya limpio, duerma un sueño que ella aprovechará para hacerle la cena, una cena que él tomará con su ayuda y una pajita. Y ella, que es años mayor que él, la tomará en puré, ya que también ha de cuidarse. En algunos momentos, él se pone serio y unas lágrimas le resbalan por sus mejillas, mientras extiende la mano para que le dé besos, muchos muchos besos. Así se le pasa el llanto y, a continuación, le ofrece un zumo o un caldito, que con ayuda de una pajita lo tomará despacio. «¡Venga, despacio, mi amor!», eso le dice ella, y se tranquiliza. Se tranquiliza porque ella, aun siendo de día, continúa con él en la cama y no dormirá… Ha de cuidarlo, así de cerca, esos días que ella pidió permiso en la residencia de mayores para tenerlo cerca y no descuidarlo, para recuperar el tiempo que no pueden estar juntos. Ella sacrifica con mucho gusto sus paseos, sus salidas a la peluquería o lo que le haga falta, pues ya no hay tiempo que perder, lo que quisieran es parar el tiempo…, que no terminen los días ni las noches. Que nunca es hora de quedarse sola, que quiere tenerlo para cuidarlo y ella tener fuerzas y motivación para vivir.

Este es un relato de amor y entrega en la última etapa de la vida totalmente verídico.

La cruz de tu traición

Preparo mis enseres, ya que al recibir la llamada telefónica tan urgente me apresuro a salir para llegar a Huelva a la hora prevista. Estoy algo acelerada, hace tanto tiempo que no estamos juntos que no sé cómo me comportaré al verte.

Jon, quiero que sepas que a pesar de tu marcha inesperada sin previo aviso, al oírte de nuevo el corazón me palpitó un poco. A pesar de todo y sin pensarlo más, me decidí a viajar, y te diré que no estoy molesta contigo. Yo te echo mucho de menos, es por ello que decido emprender este largo viaje.

¡¡La vida es así!! Si juntos forjamos nuestra historia de amor, porque solo el destino y Dios nos indican los caminos a seguir, es entonces cuando encontraremos la felicidad, intentándolo de nuevo. ¡Si es esto lo que piensas pedirme!

Espero que no hayas olvidado mi perfil y al verme no entres en dudas. Iré vestida de blanco. Será en la playa que ya conocemos bien desde nuestros recuerdos, Punta Umbría, en la parte derecha, por favor. Allí donde pueda aparcar con facilidad.

Me verás vestida de blanco, vestido estilo ibicenco; como recordarás, es mi peculiar y favorita manera de vestir en verano. El cinto complementario será trenzado, colores rosa palo y rojo. Sostendré mi pelo con una pañoleta en tres tonos, blanco, verde y rojo, en cuatro dobleces. Como sabes bien, en la zona siempre zurra el viento.

Recuerdo vagamente aquella ocasión que sería a poco de nuestro primer encuentro. La cuestión es que después de bañarnos, aprovechando la luz de un precioso atardecer, en tonos boreales, cobrizos y violetas, de una tarde plana, tranquila y sin ventisca, jugueteamos dentro del agua. Tú no me dejabas de la mano en ningún momento y me abrazabas con ternura. ¡Uf, cómo lo recuerdo! Al salir se nos hizo tarde.

Nos fuimos a cenar pescado y marisco. Tras la cena ligera y nada romántica, sin música ni besos —la parte más romántica la pusimos nosotros, ya que todo el rato reímos nuestras propias risas—, charlamos sin límites, todo un acontecimiento de sensaciones y sentires. Después volvimos a pasear por el mismo lado. El fulgor de la luna enamorada penetraba al trémulo albor de la noche. Los cuerpos recostados en la blanca y brillante arena, recibiendo a los astros que se difunden en las aguas y adormecen las almas. Entre susurros y arrullos placenteros, dormimos sin notar la brisa fresca de la noche.

El arrullo de las gaviotas madrugadoras nos despertó. Al abrir los ojos en medio de la alborada, encontrándome a tu lado miré al infinito y creí ver el mundo a mis pies. Por unos instantes creí estar soñando.

Me dijiste: «Espérame un momento, que vuelvo con el desayuno y quiero sorprenderte». Te sonreí, me puse en pie, despacio fui adentrándome en el agua, sobre las olas débiles y silenciosas de una marea tranquila. Para acentuar la sorpresa, tardé en mirar para ver la cercanía. En un momento ya no pude esperar y pensé en tu vuelta con la bandeja repleta del desayuno para los dos.

De pronto noté cómo la arena y un torbellino de aguas ardiendo me absorbían mientras te vi alejarte con otra, abrazados, sin mirar atrás. Mis ojos se inundaron de agua, arena y sal, agua salada, agua de llanto, agua de angustia y de mar, resecada y corrompida por el sol ardiente, como ardientes fueron tus besos, que se helaron ante la más vil traición. Mis manos se quedaron rígidas y rotas como mi voz. Mi alma vacía se quedó.

No quiero morir de amor.
Me niego a teñir de rojo mi alegría.
Si me pinchas una vena, no sangraré.
Si ves que se abre el clavel de mis labios,
córtalo y deshazte de él.
En el penal de mi vida sumida en llanto me quedaré,
esperando el consuelo de mi dolor.
Si en mi agonía no puedo verte, las rosas blancas deshojaré.
A la alborada del nuevo día, con nuevas rosas me toparé.
Mi sangre volverá, ¡sí!, volverá a sus ríos, galopando
con latido fuerte, al sentir otro latido deambulando
por un solo cuerpo y un amor por otro amor disfrutaré.

Pan, aceite y manos atrás (cuento)

Son las seis de la tarde de un lunes día 6 de octubre. Laurita y Rupert, amigo de la niña, juegan por el olivar propiedad de abuela Laura, que los cuida mientras ella se distrae, pues lo necesita, ya que hace solo tres meses se quedó viuda del hombre al que ella más quiso en su vida. Por eso lo está sufriendo de manera muy especial. Especial por la impotencia de que no pudo hacer nada por él, ya que todo lo hizo el COVID-19 y no existe remedio para lo irremediable.

Es la hora de merendar y los chiquillos preguntan:

—Abuela, ¿qué tienes para merendar?

—Merienda, como toda la vida, ¡pan con aceite y manos atrás!

La niña replica un tanto respondona:

—¡Abuela, siempre dices eso!

Y continúan los dos sentados junto al tronco del olivo más viejo del olivar, al cual ellos aprecian mucho, ya que dicen que es como los abuelos arrugados y con verrugas, pero sabios y cariñosos siempre, y «el olivo productivo hasta siendo milenario». A los niños no se les pone nada por delante, dicen lo que sienten. Según les contó en su día el abuelo Ruperto, ese olivo tiene nombre y cuenta historias: «Solo tenéis que preguntarle algo y él os responderá. Siempre lo hace, igual que las personas mayores».

Paseo entre olivos

Abuela Laura propone a los niños recorrer todo el olivar, aunque es grande, pero ellos nunca se rinden y se disponen a caminar, mirando curiosos por todos lados. Pían más que los pájaros y chirrían como las chicharras, les dice la abuela mientras meriendan.

Hoy les preparó un cuenco a cada uno de aceitunas negras, verdes y moradas, con trozos de jamón serrano de la tierra. Mientras comen, continúan el paseo por entre los olivos. Como acostumbran, siguen preguntando.

A lo lejos divisan a un grupo de personas que visitan los olivares contiguos. Los chiquillos no pueden con la curiosidad y salen corriendo al encuentro de los visitantes, que con sorpresa ven que son un grupo de estudiantes de gastronomía y reconocen a algunos que no saben exactamente quiénes son, pero los vieron en televisión. Los chavales se interesan, preguntan y les ofrecen aceitunas y naranjas, que también tienen buenos naranjos y mandarinos, cosa que los estudiantes de cocina agradecen con abrazos a los zagales y les regalan insignias del programa de televisión.

Al rato la abuela los llama, ya que tienen que volver a casa antes de que anochezca.

Por un momento, Laura amaina el paso recordando lo antes vivido, como que la vida se repite. Se para un instante bajo el olivo de aceitunas moradas, que le encantan a la mujer —esto su buen amigo de la niñez lo supo muy bien—, y mirando a lo más alto donde termina el tronco y comienzan los ramales gruesos, aún se encuentra una pequeña tabla colgada de las ramas, donde se pueden leer los nombres que hace tantos años su amigo le dedicó: «Laura & Ruperto».

En unos segundos, Laura siente como un vahído que la hace caer al surco. Pasados unos minutos, puede sentarse y se apoya en el tronco del viejo olivo, mientras los niños tiran las aceitunas que están por el suelo por uno de los huecos del viejo árbol y continúan volteándolo, gritando y riendo sin percatarse de que abuela Laura se encuentra como ausente.

Durante un rato los chiquillos juegan, y el pensamiento de Laura recorre el mismo escenario que los niños… cincuenta y dos años atrás.

—¡Ruperto, no te escondas detrás del tronco! Sabes que soy miedosa y si no te veo, me pongo triste y lloro.

Pero al muchacho le gustaba hacerla rabiar y continuaba con el juego. Pasado un rato, el joven se acercaba ofreciéndole la mano para ayudarla.

—Vamos, Laura. Si me perdonas, me subo a lo más alto. Ya ves que en las ramas de arriba hay un nido de tórtola, te prometo que lo cuidaré, y cuando estén volanderos los tórtolos, los cogeré y te los regalaré para la jaula que te hizo tu abuelo Juan. Sé que te gustaría tenerla ocupada con tortolitos.

—No me engañes, en octubre no quedan nidos de tórtola; los tórtolos ya son mucho más que volanderos… ¿Se lo preguntamos al tío Jonás, que está en su olivar?

—¡Vale! —un tanto quisquilloso y burlón le respondió Ruperto.

—¿Si te perdono hacemos una carrera y me dejas ganar?

—¡Vale! —respondió el chaval.

En un instante, la abuela de Laurita se repone y mira la hora. Se lleva la mano izquierda a la frente, murmurando lo tarde que se está haciendo.

El columpio

Este lunes los niños están enredando por la caseta donde guardan las herramientas de trabajo. Se encuentran una soga de las de esparto, que antiguamente se ataba a la caldera para sacar agua del pozo, y con ayuda de la abuela y el tío Paco, vecino del terreno, la cuelgan de dos ramas fuertes para hacerles un columpio, otra alegría para los muchachos, que están teniendo una tarde superdivertida, como ellos dicen.

Hoy también les dio tiempo de recoger aceitunas negras para poner a desaguar. El proceso les llevará unos diez días, cambiándoles el agua para después ponerlas con aceite de oliva virgen, vinagre de vino blanco, sal y guindilla roja y verde, quizás un puntito de pimentón de la vera, que les servirá como aperitivo o simplemente para comerlas con pan de pueblo recién horneado.

Pero este va siendo un lunes especial, ya que los niños no paran de rebullir estantes y cajones en la caseta, hasta que Rupert encuentra, como ellos dicen, otro tesoro.

—Mira, Laurita, esto he encontrado. Es un cuaderno con cartas que dicen cosas algo raras.

—¿Las leemos? —pregunta la niña.

—«Pan, aceite y manos atrás», es lo que pone en el reverso del viejo cuaderno, que en la portada lleva las iniciales «L. S. A.», Laura Salgado Antúnez.

—Se lo damos a mi abuela, que ella nos dirá qué es.

Como no podría ser de otra manera, Laura les cuenta el porqué de «pan, aceite y manos atrás»:

—Cuando yo era niña, mi familia no tenía dinero como se tiene ahora, entonces comíamos casi siempre lo mismo. Yo preguntaba a mi madre qué teníamos para merendar y siempre me decía: «Pan, aceite y manos atrás». Entonces yo gruñía, y me decía: «Pues si quieres más, te daré pan, corteza y migajón, que tres cosas son». ¡¡Eso me decía a mí mi madre!! Y es que siempre hay un más atrás. Con el paso de los años vamos a mejor; sin embargo, recordamos con nostalgia lo anterior y quisiéramos que fuese como aquello que vivimos y que nunca va a volver. La vida de las personas está llena de recuerdos. Cuando crezcáis, recordaréis todo esto y lo contaréis a vuestros hijos y nietos, que será el legado de generaciones sin definir.

—Si estuviera el abuelo Ruperto, él sí nos contaría muchas cosas.

—Abuela, ¿tú por eso estás triste? ¿Tienes mucha pena? —susurra la chiquilla.

—Los recuerdos jamás se olvidan, ni aun olvidando su cara, aunque yo siempre la tengo presente, por eso no estoy triste, porque el abuelo está en mi corazón, como he dicho antes. ¡¡Pena sí tengo!! Pero alegría también, y mucha, porque te tengo a ti, que alegras mi vida cada día y cada momento. Gracias, hija.

Las personas siempre perdiendo y dando gracias.

Un pensamiento irracional

Tras unos días de sol primaveral, cayeron unas mareas. Hoy, con unos tímidos rayos de luz que se cuelan entre nubes, relucen las hojas blanquecinas del manzano aún joven de flores rosáceas. Un gesto de alegría quizás irreal recorre mis sentidos, mientras el chelo con su son, *El cant dels ocells*, invade mi alma distraída, en tanto el torrente fluye por laderas curtidas de ilusiones añejas y disipadas por el tiempo. Mirando al verde lejano, se aprecian aves que antes se expulsaron por molestar con sus cantos, al igual que pequeños corzos perseguidos por jabalís que acuden por lo mismo, unas ramas tiernas de donde alcancen. Nadie cuida el campo, porque el campo tendría que ser sin dueño, sin vallado… Lo que estos días de encierro no cuida nadie, nada más libre que la propia naturaleza, que ya con tantos dueños y vallas ni siquiera se reconoce y huye de lo que no ve bien.

En tanto todo eso y más sucede fuera, junto con las vocecitas de los niños que con su sana inocencia continúan sin entender la causa por la que nadie los saca a jugar al parque o recorrer las calles de la mano de su padre o madre, hoy quizás yo me haga la loca y salga descalza a las calles persiguiendo ese rayo de sol que me acompaña para ir donde viven mis pequeños y que salgan al balcón para poder tirarles un… muchos besos que curen la melancolía que zurce los sentidos. Y si viene el alguacil con su libreta, haré alarde de mi edad y le diré que me perdí y que no sé dónde vivo, mientras yo le llevo hasta la puerta de mi casa y le doy las gracias por dejarme ser solo eso…, una pobre e inconsciente loca de vocación.

El cant dels ocells

DE ENTRE MUROS SALIMOS, ENTRE MUROS MORIMOS

Si quemamos la leña para calentarnos.
Si utilizamos el agua para lavarnos.
Si la luz ni tocarla porque está cara.
Si el butano lo suben ya por la cara.

No salgas a la calle sin mascarilla.
El que no se vacuna pierde la silla.
No hay que caer enfermo, mejor morirse,
que si intentas cuidarte no lo resistes.

Si las guerras las hacen porque sobramos.
Si las cuentas no salen o no contamos.
Si los mundos mundanos fuesen de todos.
Si los que matan mueren del mismo modo.

Antojadizos de la violencia

Por si teníamos pocos problemas, nos entran más la sinrazón, la insensatez, la falta de libertad y de expresión que se quieren utilizar en este país. Una cosa es la democracia y otra que se utilice la sinvergüencería. No toda la juventud es igual, y gracias a eso no se puede generalizar, pero se pueden lucir por el comportamiento que tienen a la hora de defender a alguien. ¡¡Ya estamos hartos de tanta matraca!! Romper, destruir, injuriar y hacer callar por la fuerza a quienes sí queremos y necesitamos vivir en paz. Quienes quieran hacer la gracia que sean inteligentes y se rían de ellos mismos, así reiremos todos. Conste que no siento ninguna simpatía por la Corona, pero lo diré en las urnas cuando llegue el momento, que otra cosa no, pero elecciones no faltan, mientras haya quien las costee.

El rapero que insulta no es un artista; el grafitero que ensucia otras artes tampoco lo es. Todo el resto lo están haciendo los jóvenes, que por si fuera poco no obedecen ni a la razón, que es el respeto a todos los demás. Yo no estoy defendiendo a nadie, solamente digo, al igual para los grafiteros, los poetas, cantautores o raperos, que se pueden hacer obras de arte y decir las cosas que no gusten sin insultos o incitación al odio o la violencia. Mi indignación hoy se debe a ver en las noticias la sumisión de la policía ante el «asalto» al Palau de la Música, quizás por falta de ordenanza… ¡¡Yo qué sé!! También a otros sitios emblemáticos, jardines, paseos, calles de transeúntes normales, además del comercio, etc. Todo esto por no seguir echando leña al fuego.

El derecho a manifestarse es una cosa, y otra cosa es incitarles, como si fueran animales salvajes en estampida, a destrozos masivos, algunos ya irreparables. Ya este país está empobrecido, y continúa la insensatez y la desobediencia. Si la juventud con o sin estudios de todo el Estado trabajase en lo que sea, en lo que produzca la tierra, se viviría con más dignidad y economía, y no invirtiendo en gandules parados a los que no les faltan pies para las maldades. ¡¡Eso debe ser más cansado que trabajar!! Pero mientras tengan la sopa boba, seguirán vagueando y empobreciendo el país si no desean producir; en vez de puestos de funcionarios, «sin funciones», enredándolo todo más de lo que está.

Por otro lado, tengo que decir que esta situación que está creando el COVID-19 ya es suficiente para poder reflexionar y dejarse de insolencias juveniles. Si ese hombre aprovechó la situación para hacerse ver y escuchar, que retire los insultos y pida perdón sea a quien sea. Nadie debe ser el hazmerreír de otros. Todos sabemos lo que está pasando, y más pronto o más tarde terminará. Si la juventud se aburre, que repueble la España vaciada, la levante, la disfrute creando el sustento que necesite y que se deje de pamplinas. Muchísimos jóvenes ya lo hacen.

Una pena que no se den cuenta de que pueden ir a parar a un mundo ingrato sin sentimientos naturales reales, dependientes siempre de lo que les venden otros para enriquecerse, en tanto ellos y ellas, de continuar así, dentro de seis o siete décadas comerán de la mendicidad, retrasando la forma de vida en cinco siglos. Con estudios o sin ellos, todos al mismo cajón. Menos los más sensatos, que sí podrán controlar el mísero mundo que quede en pie. Para bien o para mal. Antojadizos de la violencia.

Se dice que las almas no descansan

Se dice que las almas no descansan, que vagan invisibles fantasmeando el universo.

Alma migratoria que te fuiste, delirando en la noche de los tiempos.

En los días de las noches, visitas los cementerios.

En las noches de los días, tú te vistes de lucero y alumbras la luz del alba que aparece por los cerros, dejando reposo y calma en el dolor de los cuerpos.

Habitas en las tinieblas, fantasmeas en silencio y no dejas que descansen las cenizas de los muertos.

No aparezcas esta noche cuando el amor haya muerto, deja que los sueños fluyan sin fantasmas ni recuerdos.

No me llames ni reclames mi presencia hasta que llegue el momento, deja que viva la noche en los brazos de los sueños. Sin promesas incumplidas que en la vida se dijeron. Sin recuerdos dolorosos que de los ojos salieron.

No maldigas a las almas que de nostalgias vivieron y confundieron promesas que de palabras salieron.

No atormentes a los vivos desde el mundo de los muertos.

Las tinieblas de la vida, fantasmeando en silencio.

Cuando se acaba el amor

Cuando bebemos hasta los vientos, cuando se acaba el amor… ¡porque termina el no sé qué! Cuando la vida duerme mientras tú despiertas. Es lo mismo que la luz se apague, dar el salto es lo que vale.

Otra vez san Valentín, el santito del amor, el que nos hace sentir las nostalgias del adiós. ¿Por qué tuvo que inventar el casorio por amor?, ¿para tener que pagar? Nos hizo flaco favor.

Lo siguiente de la vida, lo que junte a dos personas, ha de ser con fecha en líneas que se borren con la goma, sin pasar por vicarías, tribunales ni juzgados, ni por la Iglesia, que nos ciñe a vivir maniatados, y cuando llega el momento de pedir separación, nos despluma por castigo de incumplir la religión. Nos dejan sin dignidad ni indulgencia ni razón, o nos tienen apresados por firmar las incoherencias, llamadas separación.

La libertad no se paga ni se compra con dinero, es un derecho que nos atañe y que todos merecemos.

Ay, santo, san Valentín, cuántas cosas contaría, cuántas miserias viviste por toda esta letanía, por unir a los amantes, por atarlos de por vida. Abre los ojos si puedes, ya verás cuántas mentiras y el dolor que está causando el sacramento en la vida.

No es que no sea yo creyente, pero creo las verdades. Los hijos llegan al mundo siempre con su padre y madre, que los quieren y protegen, que los cuidan de los males, y viviendo con amor aprenderán de sus padres. Las verdades y el respeto son lo que deben saber y utilizar en la vida, la obediencia, la templanza, la dignidad, la fortaleza, la caridad y buena fe.

El amor sin imposibles perduraría; la imposición autoritaria no. Somos padres. Somos hijos. Somos personas. ¡¡Seríamos libres!! No violencias por ansias de poder de ninguna índole, clase o religión. Por la paz.

LOS CAMINOS CIEGOS

Naide de mi pasado regó la tierra del campo viejo;
se moja con la lluvia y la seca el sol.
Ahilando descalzos se surca el polvo, al que
la tierra dura de sus entrañas le dio color.

Naide me dijo que los caminos ciegos también existen,
ni la voz del silencio al caminante lo acompañó.
Tan solo la guitarra se resquebraja, y en su agonía,
susurra que a los caminos ciegos los cuida Dios.

Naide con su silencio pudo contar aquello que el
sufrimiento tal vez nombró, lo que sale de adentro,
donde se guardan las palabras dictadas del corazón.
Los senderos de la vida el tiempo los cenagó.

¿Quién soy yo?

Doctor, a veces no puedo recordar adónde iba y me vuelvo, pero no encuentro el recuerdo.

Doctor, el sueño me pesa, me rinde, me duermo…, y al despertar no recuerdo yo… Oh, ¿es que me olvidé de cenar?

Doctor, me siento cansada, me enredo al hablar, me pesan las piernas solo al caminar.

Doctor, cada vez me agrada más la soledad, solo deseo que me dejen en paz. Sonrío sin causa, todo me da igual.

Doctor, sonidos constantes chirrían en mi sien, danzan marionetas con hebras de seda que confunden mi ser.

Quiero que me ayude, doctor, a encontrar palabras que a medias dejé. En mi pensamiento reposando quedan mensajes, recuerdos de cosas que amé.

Ya no escucho a nadie, nada me interesa, solo algún recuerdo lejano guardé.

Desde mi remanso, maldigo a mi mente, que me abandonó. No pedí al destino afanes triunfales, fortuna ni fama, solo algo de amor. Mis pies y mis manos y unas hebras finas que manejé yo.

Doctor, ¿puede usted decirme solo quién soy yo?

(El alzhéimer)

Si la mujer es poesía, si la mujer es belleza, ¿por qué el maltrato a la mujer? ¿Por mujer o por madre? ¡¡Quizás por querer una igualdad desorbitada!! En el mundo cabemos todos, no lo olviden.

Mujer, si el hombre nació de ti, si tú eres la fuente que emana vida, si tienes el mundo en tus manos, ¡no lo descuides! Con tu magia, complacencia y comprensión, puedes cambiar el mundo.

NO HAY DÍA QUE NO PIENSE EN TI

No hay día que no piense en ti,
y como pensar es libre,
desde aquel primer instante
te asentaste en mi vivir.
Cuando llamaste a mi puerta
me miraste fijamente y exclamaste:
«¡Ya te vi! ¡Siempre serás para mí!».
El verde de tu mirada lo fijaste en mi retina,
se sumergieron de pronto en las aguas cristalinas,
tan frías y tan profundas que no se pudo salir.
Hoy la vida nos separa, escondiendo las miradas,
cerrando todas las puertas para no poder huir.
No hay día que no piense en ti,
con la mirada más corta,
el pensamiento más libre,
la memoria más abierta,
y las puertas tan cerradas
que no me dejan vivir.
No hay día que no piense en ti.

Versos bordados

Las penas de los amores se sufren dentro del alma.
Las rosas con sus olores y su perfume las calman.

Si a tu jardín primoroso llega el frío de la noche,
cúbrelo en sábanas blancas, donde la verdad se esconde.

Si te desvela la calma del mar en la lejanía,
asómate a la ventana, verás clarear el día.

Si sientes frío por dentro al despertar de mañana,
abre puertas al olvido, que te devuelva la calma.

No busques amores viejos porque estás en soledad.
Recuerda de aquel consejo: el río pasa y se va.

No pongas barrera al viento, ni a caballo desbocado,
al fuego ni al sufrimiento, ni a los amores pasados.

No reveles tus secretos a quien no sepa guardarlos,
dibújalos bajo el sol, que no puedan alcanzarlos.

(Tus ojos claros)

Al brillo del diamante yo te comparo,
en el ámbar yo veo tus ojos claros.

(Sentimientos)

Si publicas al mundo tus sentimientos,
guardarás el amor que llevas dentro.

(Cardelina)

Cardelina, que cantas sobre las ramas,
pregúntale a mi amor si él aún me ama.

(Ilusiones rotas)

Ilusiones rotas, emociones contenidas,
amores que se pierden por las esquinas.
No guardes tus temores bajo la noche,
da rienda a los fantasmas que los esconden.

¿Dijo la verdad?

*Dijo la verdad, fue que me quería.
Sin embargo, al tiempo lo reconoció,
que fue por la noche, por la noche fría
—con la luna llena él se confundió—.*

*Pisando descalzos por la blanca arena
las aguas azules sin rayos de sol,
latiendo dos almas figuras dibujan,
otros corazones de otro nuevo amor.*

*Dijo la verdad, fue que me quería,
pero fue tan corto aquel nuevo amor
que a la luz del alba de aquel nuevo día
dibujó en la playa otro corazón.*

*Corazones rotos, que los mueve el viento,
corrientes marinas el agua dejó.
Mareas constantes trasladan a la orilla
los buenos recuerdos de días de sol.*

*Dijo la verdad, después no la dijo.
Al pasar el tiempo él dijo que no.
Con otro delirio de amores de un día,
en otro lamento se ahoga mi dolor.*

DONDE EL SILENCIO CALLA

Te espero donde calla el gorrión para escuchar el aire,
donde la luz se funde con la oscuridad,
donde los amantes en sueño sienten sus miradas
y la flor se cierra cuando tú no estás.

Te espero allá donde las aguas se enamoran,
donde el remanso ofrece libertad.
Pincel de buena mano en primavera
dibuja la palabra y la verdad.

Si vuelves sin que te tiemblen las manos
—o la mirada fijes en el más allá—,
piensa que esperar se me hizo largo,
que se cegó el camino al caminar.

Te espero donde duermen los sentidos,
donde el silencio no puede callar.
El pincel se endurece con el tiempo,
el color se oscureció porque no estás.

NOCHE DE ESTRELLAS AZULES

Noche de estrellas azules, cuando en sueños yo te vi,
correteando los cielos entre luces me perdí.
Me refugié en mi soñar como un niño sin calor,
y sin poderte encontrar, me desperté con el sol.
Sigo buscando los sueños, mirando a mi alrededor,
y las estrellas azules se fugaron con tu amor.
Noche de estrellas doradas, fulminante en su esplendor,
préstame todos tus sueños para encontrar otro amor.
Si al amanecer no vuelves y se funde mi soñar,
esperaré a que en los cielos otras vuelvan a brillar.
Recordando aquellos tiempos que me dabas tu calor,
olvidé pensar que un día yo olvidaría tu amor,
y las estrellas azules, cuando vuelvan a brillar,
correteando los cielos alegre me encontrarán,
y las estrellas doradas despertarán con el sol,
dando calor a mi alma y paz a mi corazón.

La dama loca

En la torre más alta habita la dama.
El rey que la observa de lejos la aclama.
A caballo lento cabalga por entre las ramas.
La dama se siente por él deseada.
El rey que la sigue de lejos la llama:
«Déjame que vea de cerca tu cara,
déjame besarte, paloma adorada.
¡¡No cabalgues sola, quiero tu compaña!!
Detrás de la torre mi caballo aguarda,
te estaré esperando cuando llegue el alba».
El guardián atento observa la hazaña
del alfil cohibido saltando la Alhambra,
tunea a su dueño siempre por su dama.
Y la torre crece, cada día más alta.
El rey sigue inerte, espera a su dama.
Jaque mate al rey, fin de la jugada.
La dama enloquece, y el rey no hace nada.

ROMANCE DE AMOR

Dicen que fue una noche que la esperaba.
Ella le tiró un beso por la ventana.
Él se quitó el sombrero con ala ancha.
Ella lanzó un suspiro que le desgarra.

«Baja, mi amor, te espero. Mocita, baja».
«¡Cómo quieres que baje si hay gente en casa!».
«Yo seguiré esperándote en la ventana,
donde las flores huelen a mi serrana».

Dicen que fue otra noche que la esperaba.
Ella le tiró un beso por la ventana.
«Espera, amor, espera, que hay gente en casa».
«Yo seguiré esperándote hasta mañana».

«Baja, mi amor, te espero. Ya llegó el alba,
mi cuerpo está al rocío mientras te aguarda.
Ya no escucho el suspiro que me regalas.
La noche se ha llevado mis esperanzas».

ACARICIÉ LA MUERTE

Acaricié la muerte cuando te fuiste,
lágrimas amargas brotaron de mí.
El olvido rondó de nuevo mi paraíso,
y le cerré las puertas pensando en ti.

El dolor no duele si estoy contigo,
la amargura se calma si estás aquí.
La dulzura que un día vivimos juntos,
quiero sentirla ahora cerca de ti.

Acaricié la muerte cuando te fuiste,
el tiempo no despierta lejos de ti.
Las noches se eternizan por esperarte,
los días los lleva el viento lejos de mí.

No hay dolor que el amor no calme,
ni corazón que sufra si estás ahí.
La esperanza se llena con el deseo
de que llegue el momento de ser feliz.
Un día… acaricié la muerte.

Amor de verano

Cuando el sol se aleja y clarea el día,
el silencio se cambia por algarabía,
se duerme el gemido que la alcoba oía,
despierta a la aurora, la palabra es fría.

Amor de verano, tu voz no la escucho,
como amarga hiel te sintió mi cuerpo.
Gozos de amargura forzosos vivimos,
llorando y gimiendo en vano te busco.

Como hierro al dente quemaste mi entraña,
con todas mis fuerzas te arranqué de mí.
En aquel momento sangraste mi herida,
de angustia y delirios sola enloquecí.

Cuando el sol se aleja y clarea el día,
mi mente recuerda todo lo que oí,
de tu boca siempre dulce melodía,
tan bellas palabras que yo te creí.

Herida de muerte de nuevo en la alcoba,
al llegar el alba me sentí morir.
Sí…, me sentí morir.

CÓMO QUIERES QUE TE LLAME AMOR

Cómo quieres que te llame amor,
si el amor no tiene nombre,
a veces solo es pasión, y otras veces,
corazón, lo confundimos de noche.

¡Cómo quieres que te llame amor…!
Si termina con el tiempo, se desvanece
tan pronto como se acaba el misterio.
Si la palabra no escucha, si la palabra no oye.

Cómo quieres que te llame amor,
si no manda el corazón y nunca
aprendió tu nombre ni reconoció
tu voz cuando me llamas de noche.

Nuevas añoranzas

Se acabaron las tristezas, los colores fríos.
La música barroca, los pájaros sin nido.
Los llantos en la noche y los miedos vividos.
Se rompen recuerdos de tiempos vencidos.
Y si nada tienes, menos has tenido.
Lo que te hizo daño fue tiempo perdido.
Nuevas añoranzas y nuevos destinos.
Afanes los justos, lo dijo el poeta
en su pensamiento de sueños sufridos.
Sálvese quien pueda de muerte y castigo,
de engaños cobardes, de amores fingidos,
de luces y sombras, causantes de olvidos.
Palomas que vuelan cerca de sus nidos.
Por si llega el otro con buen apetito,
con palabras vanas que no dejan sitio,
tan solo amargura, tristeza y delirio.
Hoy comienza el tiempo de añorado olvido,
acaba el encierro, comienza el destino,
con colores nuevos, con colores vivos.
Otra primavera de olores distintos
con más esperanzas, sin sueños dormidos.
Música en el alma rompiendo el gemido.
Se acabaron las tristezas, se borraron los caminos.

¿Quieres la miel del color de mis ojos?

Alegre me desperté esta mañana temprano, incrédula por la complacencia del recuerdo de un pasado, pues nos dijimos adiós en un tiempo ya lejano. No pude decir tu nombre, tu nombre casi olvidado. De la mano me tomaste, me trasladaste al pasado, recordando nuestras noches y tiempos tan añorados.

Nuestras manos enlazadas sintieron el pálpito de nuestros corazones, como ríos desbordados, mientras caminamos juntos con los recuerdos forjados. Mirándonos fijamente, te dije:

—¿Quieres la miel del color de mis ojos?

Me miraste con dulzura, nos abrazamos llorando, y llorando lo cuento ahora. Llorando lo estoy contando.

—¡Dime! ¿Tú quieres la miel del color de mis ojos?

Quise sacudir mi alma para no pensar en ti. Te dije «ya no te quiero», y pronto me arrepentí. No quise soñar contigo para dejar de sufrir, mas la noche traicionera volvió a llevarme ante ti. Entre sueños enlazados nos damos de nuevo el sí. No retiré tus regalos, con más amor te los di. Te regalé mi pasión. Mi entereza yo te di, también las rosas más bellas que corté de mi jardín.

Te regalé la miel del color de mis ojos, llorando yo te la di. Y te regalaré mi boca, mis labios, mi sonrisa armoniosa y mis manos para enlazarlas con las tuyas cuando nos demos el sí.

Tímidamente me desnudo ante ti. Te ayudo a retirar tu atuendo ceñido y varonil. Ya nada me impide saborear tu piel.

Cuerpos encendidos por el amor. Me estremezco ante tu cuerpo desnudo, me siento desfallecer.

Embriagados por nuestro sentir placentero en desbordante vaivén, conteniendo las palabras, rompiéndolas de placer. Frases contenidas, palabreándonos… amor. Palpando la piel, temerosos de perdernos otra vez.

Complacencia mutua derrochando ilusión, tomada con sal y miel, con sal y rica miel.

Te ofrezco mis pechos ardientes por el tacto de tu piel sobre mi cuerpo. Dulce placer, dulce placer.

Llegado el momento de saborear el alimento dotado del más querer, sabores variados de sal y miel. De sal y miel.

Sabor salado mezclado con rica miel, el que nos hizo sentir y nuestro cuerpo estremecer. Fueron tantos los regalos, regados con rica miel.

¿Qué hacemos con el Gobierno? (sátira)

Hoy tengo una pataleta, porque estoy hasta las tetas de todos los del Gobierno que han de mandar por la jeta. Primero se enemistan y después se quieren mucho…, pero al rato ya critican al anterior del *tinglao*, que no hay modo de que entienda que él ya estaba *descartao*. Mientras este se defiende con evasivas y risas, vuelven a nombrar a otros de los que no van a misa.

A este paso a los mayores, por no morirnos más pronto, nos dejarán de pagar las pensiones de los fondos, que ellos las gastarán como siempre en papeletas. Ya no ponemos la tele más que para ver el tiempo, pues del empacho político ya estamos hasta los… ¡esos! Luego aparece una niña que quiere salvar al mundo sujetando los planetas, como si el mundo quisiera que se paren las corrientes, que llueva o no a destiempo mientras lo quiera la gente, y en el tiempo no se manda, ni tampoco en los planetas. Dejen que sigan a vueltas cada uno en su postura, que es donde tienen que estar, ahí no mandan ni los curas, que también andan de culo.

Y es que cuando tienen mando, nadie lo quiere ceder. Qué cochino es el dinero, que tiene tanto poder y nadie quiere dejarlo, aunque no lo sepa hacer.

Entrevista al marinero

Paseando por las inmediaciones del puerto se me acerca un marinero pescador, hombre fuerte algo gastado por la dureza del trabajo. Dirigiéndome a él:

—¿Me permites que te pregunte cosas sobre tu trabajo?

—¡Claro! —me responde.

Así fue como entablamos un largo y entretenido diálogo.

—¿Qué quieres saber?

—Háblame del mar, marinero, cuéntame algo de él. Dime, marinero, ¿es cierto que en la primavera del mar hay toros azules? Dime qué piensas en las noches claras cuando la luna se mira en el espejo del agua. ¿Tú puedes decirme cómo duermen los peces, cómo duerme la noche, marinero? ¡Dime si hay cortejo en el mar! ¿Cómo se aman los peces? ¿Vuelan los caballitos de mar? ¿Cómo vive la tortuga allá en la profundidad? ¿Son las madres las ballenas, los delfines los papás?

—Se esconde la caracola cuando a ti te ve llegar. En las noches estrelladas ves las sirenas bailar, merodeando por tu barca sus tonadas lanzarán.

—¿De qué color son sus ojos? Su tez morena será. Dime si escuchas sus risas en la noche de San Juan. Si se miran al espejo cuando tú en la proa estás, coqueteando en la noche cuando más bello es el mar. Si las estrellas marinas son de brillante y coral. Si escuchas la caracola desde la profundidad. ¡Dímelo tú, marinero! Tú que vives en la mar, buscando perlas preciosas y arrecifes de coral.

»Dime si duermes la noche o sueñas al despertar. ¿Te asusta el amanecer cuando refleja en el mar y los vientos en las tardes cuando el sol tan lejos va? ¿De qué color es tu barca? ¿Dónde sueles descansar? ¿Qué te dicen las gaviotas cuando tú las ves pasar, cuando vuelan a lo lejos y sin mirarte se van?

»Buena pesca, marinero, es un regalo del mar. Esperaré en tierra firme a que me vengas a buscar. Mientras tu barco surca los mares, yo vuelo alto a otros lugares. Yo veo estrellas; tú ves corales. Marinero de luces que alumbran mi camino, enrédame en tus redes y cambia mi destino.

Vuelve el marinero

La barca de los deseos

Unos años han pasado, vuelvo al puerto de San Juan. Esperando al marinero, que regrese de la mar.

—Buenas tardes, marinero —yo te vuelvo a saludar—. ¡He de hacerte más preguntas, si me puedes contestar! ¿Me recordaste en tu barca cuando te fuiste a pescar o los vientos de poniente no te dejan recordar? ¿Tienen celos tus sirenas, las sirenitas del mar? ¿Les revelaste el secreto o lo pudiste guardar? ¡En las noches silenciosas me pudiste tú escuchar, cuando te llamo en los sueños y tú altanero te vas!

»¡Dime si te moja el agua recordando tu soñar, si la humedad de la brisa te deja sabor a sal, si le cuentas las historias a las gaviotas del mar o revelas los secretos de amores al capitán! Si sus ojos son azules, si sus labios de coral, si los pechos de sirena y caderas de bailarina al verlos te hacen vibrar.

»Marinero, marinero, de noche estrellada y mar, rema despacio esta noche, que me puedas recordar. Mientras tú surcas los mares y yo sobrevuelo el mar, nuestros suspiros y anhelos con las estrellas se van. En las dunas de tus playas, tú me vuelves a buscar… Te dejo muchas preguntas por si puedes contestar, pero guárdate el secreto, no lo puedes divulgar, que los secretos del alma otros los pueden tomar.

La barca de los deseos
vuelve de nuevo a pescar,
llevándose al marinero,
aquel que vive en el mar.
Yo quisiera ser gaviota,
así pudiera volar
atravesando los mares
y arrecifes de coral,
y contarle las historias
con sabor a brisa y mar.

Despedida al marinero

—No te vayas esta noche, que llega una tempestad. No salgas hoy, marinero, que no está buena la mar. Me lo dijo una gaviota que salió un rato a volar, me lo dijo una gaviota que sabe mucho del mar. Las aguas embravecidas no te dejarán pasar y el barco irá a la deriva. No te vayas esta noche, que no está en calma la mar.

El marinero, valiente hombre fuerte de la mar, fijando en mí su mirada me sonríe y… con un beso se va.

Muy temprano de mañana, entonando mi cantar, vuelvo a esperarte en la playa, a ver tu barca llegar. Esa barca que no llega, ¿qué habrá pasado en la mar? Me lo dijo una gaviota, me lo dijo en su cantar.

Tristes están en los fondos las sirenitas de allá, ya no te moja el rocío en las noches de San Juan. Ni tus ojos se iluminan cuando tú me ves llegar. Tu mano no me acaricia con sabor a brisa y sal. Llorando estoy en la orilla mi desdicha y mi penar. Me lo dijo una gaviota que conoce bien el mar.

No cantan las caracolas, olvidaron su cantar. Ni los caballos marinos ríen al verte llegar. Ya no te alumbra la luna, las estrellas ya no están, hasta el lucero del alba se ha olvidado de rondar.

Me lo dijo una gaviota, me lo dijo en su cantar: «No te vayas esta noche, que el cielo sin luz está».

Con el frío mañanero vengo al puerto de San Juan. El marinero no llega, ¿qué habrá podido pasar? Las horas pasan…, yo espero por si pudiera llegar. Le pregunté a una gaviota… No me pudo contestar.

Qué sola llegó tu barca,
sola me la trajo el mar.
Las redes están vacías,
pues no pudieron pescar,
arrastradas por las olas
el mar las hizo llegar.
Y yo me quedé en la playa
llorando mi soledad,
esperándote en la orilla
que me vengas a buscar.

Amor de mis amores,
hoy he soñado contigo.
Por soñar que me querías
ese ha sido mi castigo.

Besos, caricias del alma

Si tan bello amanecer crees que puede existir,
con todo mi amor yo iré a reunirme junto a ti.
A modo de mariposa me posaré en tu ventana,
y esperaré que amanezca junto al lucero del alba.

Le contaré mis secretos al viento de la mañana,
te regalaré el perfume de las rosas más tempranas.
Nuestros suspiros dormidos jugarán a pie de cama,
bordeando nuestros labios mientras nuestras manos hablan.

Escribiremos los versos, versos que el corazón canta,
tonadas de buenos días, tonadas de piel y alma.
Entonando nuestras dichas tardías con esperanza,
regaremos el jardín mientras crecen las guirnaldas.

Al arrebol volveremos a esperar la noche en calma,
dibujaremos amores, dibujaremos nostalgias.
Nos contaremos historias, nos contaremos hazañas,
enlazaremos las manos mientras los cuerpos descansan.

Y cuando asome la aurora luciendo su luz dorada,
se codeará con el sol que da paso a otra mañana,
que juntará nuestros labios para salir de la cama.
«¡El desayuno no espera! ¡Venga, moceta, levanta!».

«Déjame un ratito más, que se me pegan las sábanas.
Me gusta verte llegar como todas las mañanas,
regalándome los besos, besos caricias del alma».

El perfume en la almohada

La poesía es como la propia almohada,
que nos guarda los secretos del alma.
La poesía sirve para airear nuestra memoria,
nuestras emociones anheladas.

La poesía la construimos con el pensamiento,
con nuestras tristezas y gozos cuando
el corazón acelerado nos incita a dibujar
aquello que de dolor a veces sangra.

Poesía es abrir una ventana y respirar el aire
limpio y perfumado, al punto de la mañana,
mientras escuchas el trino del pájaro en la retama,
el chirriar en tono libertario a su dulce enamorada.

La poesía es como ahogar el sufrimiento dentro de un vaso de agua,
extraída de las profundidades de la tierra, filtrada de sus entrañas,
para calmar la vigilia del que carece de amor
o le retuerce el dolor porque no encuentra la calma.

Pero también es poesía la música que al cantor
le brota de su garganta.
Es la rosa que se abre al despuntar la mañana.
El perfume de dos cuerpos que dejan sobre la almohada.

Es el paso del pastor solitario en su atalaya.
El sonido del arroyo, cuando el agua pasa y calla.
El despertar de la alondra.
El viento de la mañana.

El silencio empalagoso de la ciudad apagada.
Es el calor aún reciente cuando sales de la cama,
casi soñando despiertos, pensamientos y nostalgias
que nos dejan los recuerdos de vivencias ya lejanas.
Es poesía cada noche y también cada mañana.
Es poesía lo que sueñas, la cabeza en la almohada.

DELICIA DE MUJER

Delicia de mujer de dicha prodigiosa,
muero por tu querer, por tu manera de ser,
que mi corazón rebosa.
Cuando al atardecer camino junto a ti
escucho la armonía de tu respiración,
delicia de mujer, me siento tan feliz
que al verte sonreír me estalla el corazón.
Bajo el copudo chopo te beso con pasión,
la brisa de la tarde refresca nuestros rostros
con música del alma que canta el ruiseñor.
Delicia de mujer, sublime en tu esplendor,
el soplo de tus labios respiro con pasión,
en tanto las miradas, azules como el mar,
por siempre en nuestras mentes alegres vivirán.
Delicia de mujer, hoy te quiero cantar
la dulce melodía que canta el ruiseñor,
cuando la lluvia cesa dándole paso al sol,
cuando la hierbabuena nos muestra su verdor,
la rosa su fragancia y el jazmín con su olor.
Un bello atardecer y su cercano albor.
Delicia de mujer, yo muero por tu amor.

El tren del olvido

Como flor de mayo me vi florecer.
No me daba cuenta de que tú me esperabas
y saqué el pasaje para el primer tren,
pero mi maleta se quedó olvidada.

En mi caminar respiré otros aires,
más flores de mayo salen a la luz,
vestida de blanco, viviendo el momento,
y en mis devaneos solo estabas tú.

Como flor de mayo renace el silencio,
las hojas se mueren por no ver la luz.
Las penas agotan toda mi existencia,
¡y es que en mi recuerdo solo vives tú!

Aquella maleta vuelve a mi memoria,
recuerdos que un día yo en ella guardé.
Pasados los años el tren del olvido
retorna en silencio donde la dejé.

Las flores de mayo renacen de nuevo.
La espera cansada murió en el andén.
Todo el equipaje de aquella maleta
en polvo en el aire se volvió otra vez.

LUCES Y SOMBRAS

La oscuridad de la noche cegó mis ojos.
Llegaste a mí como un lucero que me alumbró.
Arcilla roja que en el camino, pasos
marcamos juntos tú y yo.

Noches de fuego vivimos juntos.
Tardes azules, días de sol.
Dicha infinita nos prometimos,
mirando al cielo que me cegó.

Hojas de otoño que lleva el viento,
color dorado del corazón.
Sangre en la noche lloran mis ojos
al escuchar la palabra «adiós».

Pasan los años, vuelvo al camino,
la noche oscura que me cegó.
Busco el reflejo que en aquel tiempo
testigo fuera de nuestro amor.

Sombras encuentro, lloro tu ausencia.
La arcilla dura cambió el color.
Pasos borrados de nuestras huellas,
luces y sombras del corazón.

LA CLAVE DEL AMOR

Un nubarrón invade mi memoria,
queriendo recordar lo ya olvidado.
El tiempo se esfuma como el humo
de fuegos que en cenizas se quedaron.

Vientos lejanos enredaron las palabras
que se dicen y se entierran en el fango,
que endurece como mármol en que un día
grabaran dos nombres, anexos al pasado.
No me veo en el cristalino verde de tus ojos,
recordándolo en poesía lo he dejado.
Ya los ríos no brillan con la luna por enojo,
ya las fuentes estrelladas se han secado.

Hoy el poema no se escribe con el alma
ni toca el corazón, allí guardado.
Se cuenta cada noche que lo vives, por
si en la siguiente fuera permutado.

Un nubarrón invade mi memoria,
para olvidar los tiempos anhelados.
Las claves se perdieron por error, como el poema,
como error fue el destino de los tiempos deseados.

DICEN QUE TOCAN A MUERTOS

El llanto de la campana
dice que tocan a muertos.
Cuando naces, alegría;
cuando mueres, a silencio.

En las tumbas flores negras
por el luto de los nuestros,
que dejaron sus raíces y
se fueron con lo puesto.

Allí reposa la calma
mientras que se duerme el tiempo,
donde la verdad no existe,
donde la mentira es vana
y solo queda el recuerdo.

Pobres, ricos o marqueses,
todos al mismo agujero,
sin privilegios ni gloria,
ni deudas y sin tequieros…

El rocío de la noche
hace que lloren los lechos,
donde descansan las almas
y la espera es silencio,
ya que el paseo se acaba,

cuando nos llegue el momento.
Cuando suenen las campanas,
cuando se borren recuerdos,
cuando cese la cordura
al terminar nuestros sueños.

Hoy se celebra este día,
este Día de los Muertos,
santos de todos los vivos,
santos de los que se fueron
paseando por la vida
y dejaron los recuerdos.

Los fantasmas del recuerdo

Se dice que las almas no descansan, que vagan invisibles fantasmeando el universo.

Alma migratoria que te fuiste, delirando en la noche de los tiempos.

En los días de las noches, visitas los cementerios.

En las noches de los días, tú te vistes de lucero y alumbras la luz del alba que aparece por los cerros, dejando reposo y calma en el dolor de los cuerpos.

Habitas en las tinieblas, fantasmeas en silencio y no dejas que descansen las cenizas de los muertos.

No aparezcas esta noche cuando el amor haya muerto, deja que los sueños fluyan sin fantasmas ni recuerdos.

No me llames ni reclames mi presencia hasta que llegue el momento, deja que viva la noche en los brazos de los sueños. Sin promesas incumplidas que en la vida se dijeron. Sin recuerdos dolorosos que de los ojos salieron.

No maldigas a las almas que de nostalgias vivieron y confundieron promesas que de palabras salieron.

No atormentes a los vivos desde el mundo de los muertos.

Las tinieblas de la vida, fantasmeando en silencio.

Poema complementario a la obra pictórica *Los fantasmas del recuerdo* que da título e ilustración al libro *Sophia y los fantasmas del recuerdo*, de Hortensia Alcalá (Cheña).

Índice

Sobre la autora

Hortensi Alcalá García. Mujer, en algún lugar naciste, el cariño recibiste y el amor te dio calor. Como techo, el universo; en el camino donde pises siempre crecerá la flor. Se considera poeta porque poeta nació. Se considera artista por el lienzo y su color. Mujer, ciudadana del mundo, el mundo que conociste. Aunque tú no lo elegiste, pudiste crecer con él. En tanto que tú crecías, cuando el mundo recorrías el sol curtía tu piel. El sudor regó tu cuerpo, como agua en el desierto la tierra bebió de él. Y sigue, sigue bebiendo con las flores floreciendo mientras el sol vaya curtiendo tu piel. Es la vida, que enamora de las cosas que se crean sin afanes de grandeza, sin banderas ni estandartes, sin diamantes ni riqueza, tan solo con la grandeza de poder crecer con él.

Mujer, poeta ya naciste. A lo largo de tu vida lloraste, reíste, amaste, diste vida al mundo, también consuelo y dulzura, respetaste sin quejarte, te caíste y levantaste. Cuando el cielo fue tu techo y la luna te alumbró, las estrellas fueron ojos que la noche reflejó.

Ser artista, mujer, es fácil. Solo toma un blanco, un color, un lápiz, un pincel y suelta tu imaginación, déjala deslizarse por la extensión. Lo que otros puedan ver después será arte, color y poesía, ya que nunca lo aprendiste, que lo expresas sin palabras o tan solo con pasión.

www.ingramcontent.com/pod-product-compliance
Lightning Source LLC
LaVergne TN
LVHW041732190726
843493LV00008B/2321